KB056147

첫, 시

파란시선 0100 첫, 시

1판 1쇄 펴낸날 2022년 7월 20일
엮은이 장석원 이찬 이현승
디자인 최선영
인쇄인 (주)두경 정지오
펴낸이 채상우
펴낸곳 (주)함께하는출판그룹파란
등록번호 제2015-000068호
등록일자 2015년 9월 15일
주소 (10387) 경기도 고양시 일산서구 중앙로 1455 대우시티프라자 B1 202-1호
전화 031-919-4288
팩스 031-919-4287
모바일팩스 0504-441-3439
이메일 bookparan2015@hanmail.net

ⓒ장석원 이찬 이현승, 2022, printed in Seoul, Korea

ISBN 979-11-91897-22-7 03810

값 10,000원

첫, 시

장석원 이찬 이현승 편

적막한 첫, 도착하지 않는 첫, 젖어 가는 첫, 타오르는 첫, 웅크리고 울던 첫, 종종거리다 사라진 첫, 이름 잃은 첫, 사라지는 연습 중인 첫, 함께 다다른 첫, 어쩌면 끝내 도달할 수 없을 첫, 울지도 웃지도 않는 첫, 살아남은 첫, 며칠째 돌아눕는 첫, 꺼내다 만 선물 같은 첫, 하염없이 꽃잎만 보는 첫, 하늘하늘 분홍 첫, 제 속에 낙타를 키우는 첫, 투명한 듯 흔들리는 첫, 붉게 버무려진 첫, 불을 옮기는 첫, 이 나라 전역에 흩어져 달아나는 첫, 젖꼭지를 입에 문 첫, 아름답게 태어나지 못한 첫, 두 번째 첫, 뒤틀리고 작아진 첫, 흰빛이 된 첫, 발그레지는 첫, 스스로 터져 버린 당신의 첫, 사라진 이들 속에서 함께하는 첫, 나를 비닐 속으로 집어넣는 첫, 한 덩이 종이 찰흙 같은 한 덩이 욕설 같은 첫, 진짜인 것 같았던 첫, 바스락거리며 자라나는 첫, 한없이 내리는 첫, 물렁물렁한 첫, 절뚝이며 건너가는 첫, 토마토 기러기 일요일 같은 첫, 달랑 혼자인 첫, 나를 낳고 있는 첫, 뼈 장난감 차파추안을 꺼내 노는 첫, 푹푹 썩어 가는 첫, 그늘에 밟힌 첫, 어쩐지 로맨틱한 마음이 드는 첫, 냉소적으로 웃는 첫, 윤곽이 사라지는 첫, 20세기에 태어나 21세기에 죽은 첫, 횡단하는 첫, 얌전히 소파 위에 앉아 있는 첫, 노상에 나를 멈춰 세우는 첫, 부들부들 떨고 있을 첫, 나뭇잎처럼 우는 첫, 고 이쁜 이름을 담고 싶어서 첫, 연신 고개를 숙이며 인사하는 첫, 해탈하는 첫, 거꾸로 매달려 동시에 떴다가 지는 첫, 늘 잘못 찾아오는 첫, 핏물이 번지는 첫, 발을 질질 끌며 늪으로 가고 있는 첫, 아직이거나 이미였던 첫, 눈구멍만 뚫린 첫, 눈을 찌르는 첫, 삼천대천의 별들이 중력장 왈츠를 추는 첫, 도무지 첫, 바닥을 뒤집어쓴 첫, 친화적으로 견뎌 내는 첫, 이상한 첫, 구름이 있는데도 빛나는 첫, 지도에서 지워진 첫, 내장 속에 들어 있는 반쯤 삭은 첫, 당신이라는 단 한 번의 첫, 어떤 말을 하거나 하지는 않는 첫, 추락하는 첫, 꼼짝 않고 저 비를 다 견뎌 내는 첫, 그 여름 내내 붉었던 첫, 누명 같은 첫, 너의 할머니 할아버지의 어머니 아버지가 살고 있는 첫, 보기 좋게 사랑에 실패한 첫, 자폭하는 첫, 깊고 아득한 첫, 한자리에 모였다 흩어지는 첫, 번지고 있었지만 끌 수 없었던 첫, 극진한 첫, 미어지는 첫, 꽃과 꽃 사이 첫, 사십 년 후에도 첫, 입을 꽉 다문 첫, 자꾸 뾰족해지고 길어지고 갈라지는 첫, 물이 흐르듯 자연스러운 첫, 계속되는 발화 속에서 흔들리며 돌아가는 첫, 꾸역꾸역 쌓이는 첫, 봄은 아직 천지에 가득한데 첫, 생각하지 말아야 할 첫, 우리를 내내 끌고 다니는 첫, 물끄러미 나를 바라보고 있는 첫, 질긴 첫, 무너지는 첫, 다정히 손짓하는 첫, 오늘 고요가 갓 발굴해 낸 첫, 제 몸 헐어 쏘아 올린 첫, 아흔아홉의 첫이 모여 이룬 백 번째 첫,

詩

차례

엮은이의 말

가을 맨드라미

홍신선『사람이 사람에게』 2015

1

근본 한미한
선비는 다만 적막할 따름이다

이따금
무료를 간보느니

2

간 여름내
드높이 간두에 돋우었던 생각의 화염을
속으로 속으로만 낮춰 끄고 있노니

유배 나가듯
병마에 구참(久參)들 하나둘 자리 뜨는
텅 빈
가을날

그 해변

유지소 『이것은 바나나가 아니다』 2016

———

　그 해변에서는 가벼운 화재도 사소한 싸움도 일어나지 않는 것이다 도대체 살아 있는 사람이 도착하지 않는 것이다

　그 해변은 지루해서 지루해서 지루해서 작은 모래알은 더 작은 모래알을 질투하는 것이다 더 작은 모래알보다 더

　더더더더더더더더더더더더 작아지려고 자꾸 발끝을 벼랑 위에 세우는 것이다 벼랑이 먼저 무너지는 것이다

　모래를 넘어 모래를 넘어 모래를 넘어 모래를 넘어 모래를 넘어 모래를 넘어 모래가 넘어지는 것이다 그 해변은 그렇게 더

　더더더더더더더더더더더 가까이 세계의 끝으로 다가가고야 마는 것이다

———

산화되는 아이

김승일 『프로메테우스』 2016

당긴다 방아쇠를

울음을 터뜨리고 아이는 달려간다 너를 향해
벚나무 사월이 갈라진다
담장 넘어 사라지는 아이들이 있는 것이다

물에 젖은 아이들이 풍기는 냄새

스케치북 속 죽은 이의 얼굴을 바라보듯이
아이들이 젖어 간다

닿. 고. 야. 말. 거. 야.
너에게

살색으로 칠해 놓은 사람 냄새

열대야

김참 『빵집을 비추는 볼록거울』 2016

파란 소가 골목을 돌아다니는 여름밤. 잠 못 드는 내가 파란 소와 함께 산책 나서면 잠들지 못한 사람이 틀어 놓은 음악 때문에 잠들지 못한 새들과 잠들지 못한 새들 때문에 잠들지 못한 풀벌레와 잠들지 못한 풀벌레 때문에 잠들지 못한 아기들. 잠들지 못한 아기 울음소리 아파트 창문 타고 흘러내리는 밤. 거리에 도열한 가로수 초록 잎 열풍에 조금씩 말라 가는 밤. 내가 파란 소 따라 건널목 건널 때 주황색 달이 커다랗게 떠올라 오렌지처럼 타오르는 밤. 그 열기 때문에 잠 못 드는 내가 파란 소와 함께 강변 모래밭을 횡단하는 밤.

영천(永川)

장석원 『리듬』 2016

정북에서
그늘이 허물어진다

허벅지에 앉힌 아이가
새우깡을 먹는다

입술의 경련
뼛가루처럼

여객이 빨려 들고
미간으로 기차가 들어온다

낮은 어둠의 담장 아래
웅크리고 울던

선생(先生)의 당신
분쇄되어 나의 입속으로

망명 시인

전윤호 『천사들의 나라』 2016

나이 먹으니 알겠더군
평생 남의 무덤이나 짓다가
결국은 순장당할 팔자라는 거
키만 한 등짐 지고
뒷골목 종종거리다 사라진 사람들
발버둥 쳐야 벌금 고지서 하나 못 당하는 신세
차라리 네게 망명해
새로운 나라나 만들까
가난한 아이를 위한 헌법을 만들고
외로운 여자를 위한 군대를 훈련시킬까
남을 종으로 부리는 세상
깊은 해자 파고 높은 성을 쌓고
내 손으로 만든 왕관을 쓰고 옥좌에 앉아
모자란 자들이 다스리는
저 슬픈 나라를
아무 미련 없이
내려다볼까

환청

서동균『뉴로얄사우나』2016

맞은편 숙소 테라스에
플라스틱 의자 두 개가 놓여 있다
바람 한 점 없는데
바람이 되려는 의자가 움직인다
등을 떠미는 반대편 관성
타일 바닥에 놓인 무게를 밀어낸다
자는 시간과 깨어 있는 시간의 구분이
모호해진 한 평의 공간
퍼붓는 장맛비에 흔적이 끌려간다
딱딱한 상실을 경험한 자들이
마주하고 섞인다
하얗게 혹은 캄캄하게 들리는 비명이
짙푸르게 깔리고
이름 잃은 별이 더 높아진다

블랙커프스홀—Pour Malena

김하늘 『샴토마토』 2016

　　망가져야 해

　거울에 반사된 내 알몸이 식싱해 그럴 때면 애인의 물
건을 훔치곤 하지 대리운전 번호가 찍힌 라이터나 면도기
또는 자위를 하고 난 뒤의 휴지 뭉치 그게 아니어도 좋아
잘 입지 않는 드로즈 팬티나 페라리 블랙 냄새가 미미하
게 묻어나는 커프스 한 짝 비교적 작고 사소할수록 좋아
눈치채지 못할 정도의 가벼운 것들

　훔쳐 온 가위는 유용했지 내 흑발 머리를 들쭉날쭉하
게 만들었어 생머리 여자들은 주로 간교하거나 신경질적
이지 올곧은 몸을 돌보거나 지키지 난 그런 여자들에게서
매너리즘을 느껴

　지겨워지겨워지겨워(데이트가) 지겨워지겨워지겨워(브
래지어가) 지겨워지겨워지겨워(흔들리는 젖가슴이) 지겨
워지겨워지겨워(지겨워)

　더 망가져야 해

훔쳐 온 식칼에 내 이름을 쓰고 싶어, 기억이 안 나, 사람들이 나를 말레나라고 불러, 내 이름을 나는 영영 몰라, 섹스는 질려, 자궁으로 식칼을 밀어 넣는 편이 낫지, 거기엔 환멸이 없어, 뻔하지 않은 상처와 흉터는 아름다워

오늘 밤,
난 드로즈 팬티를 입고 장미 덩굴을 밟아
살갗을 터트리는 그 수많은 가시들,
발바닥에 엉기는 피가 속살거리며 되묻곤 해
넌 아직도 죽지 못했니?
병신,
오, Merde!

나날이거부하는것들이많아졌고그거부에내가있고네가있어(도대체얼마나더저질이어야하는거지?)거울은깨졌고사실난점점사라지는연습중이야죽을날짜를고민하는여자는까다롭지도않아깨진거울의파편에침이나뱉자개같아똥이나빨아!(항문이주는구원도퍽낭만적이지않아?)

내일은 또 어떤 방식으로 사랑스러워져 볼까

귀추─하여가

고찬규 『핑퐁핑퐁』 2016

서로 다른 꿈
나비와 나비를 좇는 아이
비틀거리며
앞서거니 뒤서거니
함께 다다른 곳은 꽃밭

그리하여,
꽃밭에서

꽃밭에서 어찌하여,

가자미

권주열 『붉은 열매의 너무 쪽』 2017

　가자미는 계단이 없고 밋밋한 경사로 이어진 장소다 제가 바로 그 장소인지 모를 때까지 한 장소에 오래 납작 엎드린 채 어디엔가 숨겨진 넓이가 더 있을 것 같은 불안, 불안은 방금 헤엄쳐 온 물결과 희뿌옇게 덮어쓴 기억이 접촉된 모든 면적이다 흙먼지조차 눈에 띌까 가만가만, 두 개의 눈알을 한 평면 위에 슬며시 붙여 놓고 마침내 장소는 체포된다

　도마 위에 올려진 가자미의 곡면을 천천히 따라가다 보면 어시장 뒷골목과 그 너머 백사장을 한참 더 따라나서야 도달할 수 있거나 어쩌면 끝내 도달할 수 없으리라는 생각

　번득이는 칼날이 가자미를 가지런히 해체한다

　어떤 장소는 장소 뒤에 남은 공허의 둘레를 포함하고 있다

현대시

김산 『치명』 2017

무언가 저쪽에서 오고 있었다
공기는 잠시 가던 길을 멈췄고
인파 속에서 고갤 갸웃거렸다
그는 불행히 발견되지 않았다
고로, 어떤 발생도 하지 않았다
모든 빛은 그늘이 남긴 배경이므로,
명백한 저녁을 그린 화가는 없다
실패한 비닐 창문의 구도 사이로
바람의 궁극을 운문하는 한 마리 새
날개는 결국 장식적이고 현학적이다
그는 쓸데없는 안부를 생략한다
공장 굴뚝은 비약하는 고체의 빗줄기
안개의 기록은 이제 그만하기로 한다
울지도 웃지도 않는 이 세계에서
어떤 그림은 도저한 패국을 완성한다
우체국 직원은 더 이상 슬프지 않다
퇴근 무렵의 종이 박스는 딱딱한 표정이다
몰락을 그리는 화가는 흔해 빠졌다

관, 이후

정숙자 『액체계단 살아남은 니체들』 2017

무덤, 거기서부터 잣대가 투명해진다
과거의 별에게 특혜란 없다

퇴고하지 못한다. 더 이상 신작을 발표하지도 못한다.
그에게 바쳐졌던 초저녁과 꽃들이 회수된다. 단단히 구멍
뚫리는 뼈. 오늘의 비평 서적 안에서 그의 뼈는 뼈를 놓
친다.

무덤이 열렸다고 말할 뻔했다. 백 년 전 작품을 평자가
열고 평자가 겯은 책을 독자가 열고, …장강의 물굽이가
책갈피를 타고 흐른다.

그 책갈피에선 개구리도 몇 마리 뛰어내려
괄~ 걸~ 괄~ 걸~ 과거를 운다
수맥의 후원도
덩굴손도 시렁도 없는
오로지 작품만이 중력이었던 타인의 고독을 갚으며 운다

'백 년은 가히 등(燈)이다' 표4 뒤의 오늘,
오늘은 다시 또 백 년을 넘겨받는다

우기(雨氣)

이범근 『밤을 지운다』 2017

잠긴 안방에선 며칠째 빗소리가 들린다

뒤틀린 장롱 문짝
몸이 닫히질 않는다
혼자 낡은 옷가지를 태우는지
검은 연기 속에서 흘러나오는
약호들

샹들리에에 걸린 구름과
몇 달째 넘기지 않은 달력
오늘은 오래되고
숟가락이 손목을 들어올린다

누구나 눈썹이 드문 영혼이 되어
한 뼘의 공중을 흘러 다닌다

며칠째 돌아눕는 소리가 들린다
그는 우리를 가둔다
아직 밥상에 없는 사람

아침밥을 차리며

오석균 『기린을 만나는 법』 2017

언 밥을 꺼낸다 1/2인분
렌지에 넣고 3분을 돌려도
무관심까지 녹여 내지 못해
속이 서늘하다

김치가 없다
네가 오지 않는 동안
국도 없다
여긴 비가 오지 않는 나라

수저를 놓다가
식탁을 닦지 않은 게 생각나
옮겨 놓는다 그날의 기억들
꺼내다 만 선물 같은 하루

시계를 본다 아직 충분하다
그래도 굳이 상을 도루 치운다
혼자 먹는 것이 익숙해질까 봐
단 한 번이라도

봄 1

서광일 『뭔가 해명해야 할 것 같은 4번 출구』 2017

—

번호를 맞춰 본다
누가 뒤통수를 빤히 보는 것 같다
18이 44와 45를 본다
고요가 적막을
적막이 참혹을
저기 어디쯤을 본다
담장 너머 떨어지는 목련꽃
햇살과 새싹 사이를 본다
이를 악문다

사다리 끝을 본다
오른다 본다
철탑 끝에 윙윙 바람이 분다
아내가 신은 양말에서 구멍을 본다
조심스레 신발을 벗어 본다
아슬아슬한 발아래 세상
사람들이 지나가다 고개 들어 본다
잘 모르겠다는 듯 가던 길 간다
하염없이 꽃잎만 본다

—

녹색당

박순원 『에르고스테롤』 2017

　분홍당 나는 분홍 빛깔로 당을 만들겠다 온 세상을 녹색으로 물들이려는 세력들을 저지하겠다 분홍 빛깔 당을 만들겠다 분홍이라면 귀천을 가리지 않고 함께하겠다 검은 색깔 또는 다른 색깔이 더러더러 섞인 분홍이라도 다 받아 주겠다 연분홍 꽃분홍 진분홍 우리는 분홍만큼 누리고 분홍만큼 참여하겠다 분홍의 몫을 주장하겠다 활짝 피고 분분분 날리기도 하고 우리 대표를 정치판으로 보내 노래 부르고 춤추고 비틀거리겠다 어여쁘고 가냘프고 소심하고 수줍은 정관을 작성하고 지조도 의리도 신념도 개념도 없는 당원들과 닐리리야 전당대회를 대회장 한가운데에서는 연분홍 치마 미친년이 널을 뛰고 미국에서 핑크빛 무드를 초청하고 의석 딱 한 개를 확보해서 녹색 의사당 한 귀퉁이에 하늘하늘 분홍 점 하나

낙타 키우는 사람

성선경 『까마중이 머루 알처럼 까맣게 익어 갈 때』 2018

자신의 조상은 나무에서 왔다고 믿는 사람

수생목(水生木) 그래서 물을 찾는 사람

목생화(木生火) 사막은 나무의 시체, 불기운이다

불기운의 사막을 건너는 데는 낙타가 제격

좌심방 우심실

사막이 늘수록 낙타의 수도 늘어난다

대체로 가슴이 사막인 사람은 늘 낙타를 키운다

제 속에 낙타를 키운다.

존재의 양식

김병호 『밍글맹글』 2018

자신을 보고 싶을 때 거울이 아닌 주위를 두리번거려야 한다고 속삭인 건 그믐의 골목이었다 맥주병이 그렇듯 우리는 스스로의 굴곡으로 주변을 반영하는 것, 그 안에 고인 누런 액체에 매인 영혼은 하늘의 밑바닥에 반사된 붉은색의 굴곡을 보고 저 먼 곳이 사막이라는 사실을 눈치채지 못할 터, 그렇게 자기 밖으로 어른거리는 불모를 감추지 못할 터, 물기 없는 눈동자는 사랑이라는 명목으로 모든 것을 빼앗긴 자의 흉터임을 몰랐을 터

그리하여 나는 남과 다른 굴곡으로 주변을 반사할 뿐, 그리하여 눈 감고 만지는 일은 미지근한 체온과 소름 돋은 오한과 시리게 전달되는 떨림을 뒤섞어 만든 반죽으로 내 곡률을 수정하는 회한, 나를 이룬 주변이 돌아눕는 일, 그리하여 모두는 투명한 듯 흔들리는 곡면이라는 사실을 깨닫는 일

흑체(黑體)를 만난 곳은 어둠의 한가운데였다 아무도 바라보지 않는 골목의 끝이었다 받아들일지언정 내보내지 않는, 무엇도 반사하지 않는, 그래서 검을 뿐인 그와 마주쳤지만 알아보지 못했다 그는 내 위에 아무것도 그리지 않았기에 나도 없었다

보이는 모든 것을 외면하는 그였지만 어쩔 수 없이 깊은 바닥에 뭔가를 흘리기에 알아챌 수 있었다 바닥을 타고 흐르는 검은 울음이 내 굴곡대로 반사되기 시작하자 그는 그다지 검지 않았고 나는 조금씩 존재하기 시작했다 만질 수 없더라도 흐르는 것이 있음으로, 굴곡을 어루만지며 잘게 떨리는 어깨가 있음으로

잿빛 왕

최원 『미영이』 2018

화장실에 따라 들어온 고양이가
천정 보고 한 번
벽을 보고 한 번 문밖을 보고 한 번
입을 열어 야옹

나를 따라 들어와
나를 보지 않고 내뱉는 그것은
독백인가 방백인가
변기에 앉아 있는 나는 불온한 관객인가
다리를 오므리고 부끄러워해야 하는가

그리하여 묻습니다
신이시여
준비되셨나요

나의 복종은 혀처럼 부드러워졌고
믿음은 단단해졌으니

나의 절대자이시여
허락하시어

숭고한 계시의 항문을 빨고 핥고
쑤셔 넣을 수 있도록

구름다리 건너듯
구원과 시대의 불운한 외출을
마무리 지을 수 있도록

미로의 입구로 되돌아오는 자들을
입 다문 자의 눅눅한 거리를
꿈을 두려워하던 여자의 입술을
여자가 잉태한 아이를
아이를 감싼 붉은 구름을
시선의 혀로 얼굴을 더듬으며
맛보던 여자의 감정을
그녀의 머리를 묶어 주던
모든 흑백의 꿈을

밤새 눈이 세상의 소란을 깔고 앉았던
그날 오후
눈 녹는 길을

34

나는 늙은 변검술사처럼
소매를 펄럭거리며 걷습니다
거리의 유행가는 전부 슬프고
빌딩의 모퉁이에 휘몰아치던
바람은 항간의 낭설

어두운 낮 변두리 술집에서
나는 여인의 언뜻 보이던 발목을 떠올리며
붉게 버무려진 가오리무침 한 점을
오래도록 씹었습니다
이렇게 될 것이었기 때문에 이렇게 된 것이다
생각하는 어두운 낮
누구에게도 발설하지 않은
붉고 가느다란 이야기입니다

가수가 자신의 노래를 따라 부릅니다
붉은 스웨터의 실을 풀어 늘어뜨리면서
오래 웅크리고 있어서
펴지지 않는 우산 같은 이야기를

해는 졌고 달은 뜨지 않았습니다
새가 화들짝 날아오르거나
모르는 자의 집에 불이 켜질 것입니다
방향을 틀어 바람이 불기 시작할 것입니다
이런 일은 흔해서 휘파람이라도 불어야 할지
그것은 바람의 신음
문틈을 옷깃을 파고드는 존재
영혼이 녹슨 자들을 위한 노래

나는 젖은 공간입니다
금석문을 해석하듯
잠깐의 시간에 대하여

어느 날 강둑으로 건져 올려진
물에 빠져 죽은 늙은 여자에 대하여
암각화의 이끼처럼 푸르르 기어 나오던
그녀의 눈썹 문신에 대하여
죽은 몸에서 유일하게 살아 움직이던
그 여자의 청동기를
질량도 부피도 없는

잠시의 역사를

빛이 있습니다
태양이 기울고 시간이 정지하면
누구나 하나씩 선명한 그림자를 갖게 됩니다
정면을 똑바로 보고
나는 지금 어둠 속에 박혀 있습니다

생체-나무

주영중 『생환하라, 음화』 2018

당신 생각은 불법이야, 살인적 리듬이 숨 쉬는 곳
당신의 광장에는 내일이 없지

幻影, 여름아
얼어 버린 물방울이 고요하게 폭발한다

도시 끝에서, 한강철교 너머에서
장마전선을 끌어올리며 우는 자귀나무
진앙지는 바로 나였다

거리의 속살 사이로 파고드는 질풍 같은 리듬
생활을 잊은 듯 질주할 것
리듬이 바뀌는 순간, 구피의 꼬리 같은
악몽의 시간으로 진입할 것

생환하라, 陰畵
생체-나무가 흔들리는 속도에 대해
꽃의 카오스에 대해 생각한다

분노는 겨우 바깥에서 터지는 꽃, 용납할 수 없는 자귀

꽃의 슬픔이 오늘의 술잔 속에서, 어진 사람의 입에서 혹은 묻지 마 살인자의 칼끝에서 터진다

   리듬을 잃는 눈썹과 내 입의 기울기, 운명의 창밖으로 날카로운 나무들이 이동한다
   바람이 구름을 밀어내듯
   초록의 잎들이 비밀을 누설하고 있다

   조문받는 느낌이랄까, 갑갑한 발로부터 이륙하라
   도시 상공에 구멍을 뚫는 처녀-새의 울음
   불을 옮기는 역린

   생활의 언명을 거스르는 태풍처럼
   오렌지가 피워 내는 곰팡이들
   녹색의 포자들이 지구의 리듬으로 날아가고
   생활이 알리바이를 잃는다

가을비

홍신선 『직박구리의 봄노래』 2018

누가 가을비는 소리만 온다고 했나.

비는 꼬리를 올려 세우고 고목이 다 된 호두나무를 기어오르거나 순간 허공의 거죽을 타고 주르룩 미끄러져 내린다.
오늘 저 숱한 새끼 얼룩 고양이들 발소리 죽여 이 나라 전역에 흩어져 달아난다.

찬바람머리 가을비는 소리도 없이 고양이 걸음으로 온다.

크리스마스트리

이난희 『얘얘라는 인형』 2018

전나무가 한껏 몸을 열어 수백의 유두를 내민다 높은 지붕 위에도 끊임없이 돋아난다 말을

모르는 어린 별들 소리 없이 내려온다 종소리가 퉁퉁 불은 전나무의 젖샘을 문지르며 수유 시간을 알린다

굴 상자에서, 컨테이너 옆 담벼락에서, 검은 비닐봉지에서, 공중전화 부스에서, 길바닥에서, 쇼핑백에서, 헌옷수거함에서, 공중화장실에서

탯줄에 매달린 울음이 도착할 즈음

깜빡 생각난 듯
젖꼭지를 입에 문 어린 별들
콩나무 줄기 같은 사다리를 오른다

아직
온기가 남은 울음을 쥐고

다시 태어난다

아버지의 발화점

정창준 『아름다운 자』 2018

바람은 언제나 삶의 가장 허름한 부위를 파고들었고 그래서 우리의 세입은 더 부끄러웠다. 종일 담배 냄새를 묻히고 돌아다니다 귀가한 아버지의 놈에서 기름 냄새가 났다. 여름밤의 잠은 퉁퉁 불은 소면처럼 툭툭 끊어졌고 물 묻은 몸은 울음의 부피만 서서히 불리고 있었다.

올해도 김장을 해야 할까. 학교를 그만둘 생각이에요. 배춧값이 오를 것 같은데. 대학이 다는 아니잖아요. 편의점 아르바이트라도 하면 생계는 문제없을 거예요. 그나저나 갈 곳이 있을지 모르겠다. 제길, 두통약은 도대체 어디 있는 거야.

남루함이 죄였다. 아름답게 태어나지 못한 것, 아름답게 성형하지 못한 것이 죄였다. 이미 골목은 불안한 공기로 구석구석이 짓이겨져 있었다. 우리의 창백한 목소리는 이미 결박당해 빠져나갈 수 없었다. 낮은 곳에 있던 자가 망루에 오를 때는 낮은 곳마저 빼앗겼을 때다.

우리의 집은 거미집보다 더 가늘고 위태로워요. 거미집도 때가 되면 바람에 헐리지 않니. 그래요. 거미 역시 동의

한 적이 없지요. 차라리 무거워도 달팽이처럼 이고 다닐 수 있는 집이 있었으면, 아니 집이란 것이 아예 없었으면. 우리의 아파트는 도대체 어디에 있는 걸까. 고층 아파트는 떨어질 때나 유용한 거예요. 그나저나 누가 이처럼 쉽게 헐려 버릴 집을 지은 걸까요.

알아요. 저 모든 것들은 우리를 소각하고 밀어내기 위한 거라는 걸. 네 아버지는 아닐 거다. 네 아버지의 젖은 몸이 탈 수는 없을 테니. 네 아버지는 한 번도 타오른 적이 없다. 어머니, 아버지는 횃불처럼 기름에 스스로를 적시며 살아오셨던 거예요. 아, 휘발성의 아버지, 집을 지키기 위한 단 한 번 발화.

두 번째 낙원

김광섭 『내일이 있어 우리는 슬프다』 2018

죽지 마
영원을 보여 줄게

내 낙원에서의
새로운 자유를

분홍의 시작

남길순 『분홍의 시작』 2018

숲은
어린 나의 무대
바위 속에 집을 그리면
입속에 꿈틀거리는 벌레들이 살아난다
무릉도원이라는 말이 생겨나기 전부터
그곳엔 복숭아밭이 있었고
아버지는
담장 위에 더 높은 담을 쌓고
복숭아 속에
벌레들을 길렀어
꽃은
나무의 겨드랑이에 고여 있던 물이 피어오른 거야,
향기는 나무들의 숨 냄새……,
사방이 분홍인 방에 엎드려 써 놓은 일기를 읽으면
너는 어려도 모르는 게 없구나
벌레 있는 복숭아가 더 맛있는 거란다
아버지는 흰 광목으로 정성스럽게 내 발을 감싸고
복숭아나무에 나를 묶었지
뿌리에서부터 발작이 시작되면
연분홍 꽃들을 솎아 쏟아 버리며

뒤틀리고 작아진 발을 관 속에 넣고 못을 박았어
노란 봉지에 복숭아를 싸 넣으며
더 많은 벌레들을 길렀지
치마 속으로
뱀이 기어들어 오고
분홍 물을 풀어놓은 복숭아밭 언덕 너머로
힘센 기차가 들어오고 있었다

숨은 신

한영수 『눈송이에 방을 들였다』 2018

흰 낙타는 속눈썹도 흰색이었다 원 달라, 원 달라, 쉰 목소리에 고삐가 묶여 있었다 바람이 올 때마다 사막의 마른 빵 냄새를 풍겼다 바싹 마른 다리는 기다리고 있었다 견디고 있었다 앞무릎을 꿇고 언제라도 뒷무릎마저 굽힐 자세였다 아무도 돌아보지 않았다 사람이 한 번 앉아 보고 내리는 낙타의 잔등은 비어서 외따로 높았다 한 무리 관광객이 빠져나갔다 살구꽃이 풀리고 있었다 하얗게 어둑발이 내렸다 저녁기도 시간이 왔다 무엇일까요, 무엇일까요, 집게손가락을 제 귓구멍에 넣고 묻고 있었다 마지막 장이 찢어진 경전처럼 먼 곳에서 먼 곳으로 목소리가 울렸다 느리고 마침내 조용했다 낙타의 눈동자에 물기가 돌았다 흰빛이 된 말이 길고 가는 속눈썹에 내려앉았다

결속

권정일 『어디에 화요일을 끼워 넣지』 2018

—

　삼백여 장의 꽃잎으로 우리는 한 송이를 이루지요
　매우 밀접하게 함께 촘촘해요 꽃병에 꽂힌 라넌큘러스
가 오므린 입을 연다

　활짝 피워 봐 코를 갖다 대자 피우다,에 열중하는 꽃
잎들

*

　열흘만 붉어라 열흘만
　그러나 견딜 수 없는 꺾인 꽃의 아름다움은 겹겹이
　꽃술에서 가장 먼 꽃잎이 시든다

　친밀해지려는군요 내가 친밀감을 말하기도 전에 돌아
선 당신의 뒷모습

*

　몇 둘레 가장자리를 떼어 냈다
　서로를 부르며 부르는 그만큼 서로를 거역하는 이복

48

자매들
　꽃잎 꽃잎들
　어깨를 겯고 생떼 쓰듯 암술을 연다

*

　라넌큘러스는 동시에 꽃, 입을 열지 않는다

*

　활짝 피워 봐 다시 코를 갖다 대자 리듬처럼 퍼지는

　향이라는
　파르마콘

　물관을 따라 물관 끝단부에서 부푸는 액체 발맞춰 발그
레지는 꽃잎들 꽃잎들의 전쟁

*

태엽 멈춘 시계가 전생(前生)을 시작했다

주술

정우신『비금속 소년』2018

　아직도 그곳에서 그러고 있니. 숲으로 들어오렴. 숲속으로 들어오렴. 너와 닮은 짐승들이 있다. 끊어진 허리에 붙어 춤을 추고 있다. 뱀을 넣어라. 너의 몸을 입어라. 모험을 할 때마다 시력이 바뀌었어요. 당신의 얼굴을 보지 못했어요. 아이들에게 남은 다리를 나눠 줬어요. 어떤 끝이 뒤돌아 나를 탄생시켜요. 삭제하고 싶니. 너의 몸. 너의 의식. 이리로 오렴. 바깥으로 오렴. 여기에는 너의 불행들이 있다. 태워 주마. 모든 구멍에 색색의 종이를 꽂고 태워 주마. 헤매는 것이 나의 전부. 거울을 볼 때마다 꿈으로 전환됐어요. 그것은 구원이 아니라 진리가 아니라 매혹. 각자의 종교에서 나는 당신을 먹고 당신은 나를. 서로의 교주가 되어 세계를 다시 호명하기를. 이곳은 나무에서 태어나 나무가 되는 아이들이 있어요. 육신을 부리는 일이란 그저 그래요. 바람에 살냄새가 실려 오도록. 목소리가 길어지도록. 영혼의 복도를 확장하는 일. 당신이 망각할 때 나는 위로를 느껴요. 나는 무성해져요. 나는 물컹해져요. 스스로 명령을 내리고 터져 버린 당신의.

영화로운 발가락

이병국『이곳의 안녕』2018

—

발가락이 가렵습니다.

당신의 이야기가 들리는 듯도 하여
수직으로 트래킹하면
발가락을 물고 있는 당신을 봅니다.
무심한 말투로
절벽을 뛰어내린 양하며
미끄러집니다.
별스런 긴장은 없지만 굴곡에 스며든
햇살에 눈이 부실 뿐입니다.
코끼리는 생각하지 말라고
하는 소리에
코끼리만 생각하게 되듯이
나는 당신의 발가락으로
입안을 채웁니다.
은밀한 맛이 여럿 앉아 있는 밀실을
비끄러맵니다.

두 명의 신인 배우가
— 서로의 시점으로 여전합니다.

과신하는 나 때문에 과식하는 당신이
암막 커튼에 슬리퍼처럼 매달려 있습니다.
내키는 대로 희롱하는 꼬마 아이는
아직 잠에 들지 못합니다.
여사여사한 꿈이
옹기종기 모여 있습니다.
맑고 시원한 맥락은
화장을 덜한 얼굴이 되기도 하고
금방 이해하는 입술이 되기도 합니다.
완급과 강약을 조절할 줄 안다면
뭇사람을 홀리는 것쯤 거리낌 없습니다.

무궁화 꽃이 피었습니다.

코스튬 플레이는 위험합니다.
설득하느라 애먹었지만
눈을 끌 수 있는 일이라고는
불가피합니다.
생각하면 다를 수 있습니다.
숏을 나누는 방식은

끊어진 대화를 이어 붙이는 것처럼
어렵습니다. 적당한 온기가 오도독합니다.

누가 당신의 발가락을 훔쳐 간 것입니까.
티눈에 박인 숨을 복기합니다.
징글징글한 시간을
암실에서 보내던 날들이 있었습니다.
시큼한 향을 무릎 아래로 떨어뜨리며
당신의 세계를 통과하는 일은
낯선 기회였습니다.

모노톤으로 건져 낸
대화가 교성일 뿐이라면
낄 틈이 없습니다.
뮤즈는 목소리를 잃습니다.
신기하고도 즐거운 우연처럼
말괄량이 아가씨가 식탁으로 떨어집니다.
갈팡질팡하지 말자고 다짐합니다.
나도 잘할 줄 압니다.
시끌벅적한 처음이 필모그래피를 하나씩 지우고

부족한 식사를 내칩니다.
우아한 집게를 머리에 꽂고 벽 너머로
조심스럽게 사라집니다.
넘치는 가능성이라고 해 두기로 합니다.

맞닥뜨리면 능숙하게 멈춥니다.

입에 문 당신의 발가락이
마주 본 눈동자로 바뀌는 시간
짧은 모험을 마치고 집으로 돌아온 아이처럼
붉은 뺨을 숨기지 못합니다.
오래된 노출이
고정된 순간인 양
우리는 게슴츠레합니다.
움켜쥐는 일이 드러내는 일입니다.
게으르게 생생한 우리가
디딜 발가락을 나눠 갖습니다.
탕플 대로의 풍경 속
구두 닦는 소년과 손님처럼
우리는 사라진 이들 속에서

함께합니다.

코끼리를 생각합니다.
빨간 머리의 아가씨가 코끼리를 타고
침묵 속으로 들어갑니다.
일 초에 스물네 개의 조각들을
유순한 입술에 새깁니다.
단호하게 다문 입술에 우리의 발가락을 새깁니다.
뒤돌아보는 당신이 오늘은 술래가 됩니다.
아무것도 하지 않았는데 오디션이 끝나고
아침이 내립니다.
안쓰러운 손이 드문드문 피어납니다.
나 정말 잘할 수 있는데
실내악 앙상블은 혼자 하는 게 아니라고 합니다.
조금 부족한 듯도 하지만
오독한 충실을 지키기로 합니다.

이제 일어나면 시작합니다.

인터체인지

박용진 『미궁』 2018

볕 잘 드는 마루에서
배부른 엄마가 잠든 애기 볼을 쓸고 있다
밤에는 해가 없다 그러나 달도 없고

숨 가쁜 개 한 마리 어슬렁거린다
개나리꽃 노란 봄날 약수터에는
아이를 퍼다 나르는 노인들이 많다

따뜻한 남쪽 나라에 기록적인 폭설이 내린다
누이의 뒤에서 허리를 껴안는 소년과
그들을 둘러싼 커다란 벚나무들
또 낮은 길다

간이 목마는 오늘도 열심히 달리고
덤프트럭이 눈길 위에서 우아하게 미끄러진다
찌그덕 찌그덕 목마에 실린 아이들
건조한 허공에서 웃는다

내 이마에는 고양이 손톱이 깊게 박혀 있다
애기 목 먹고 애기 울음 우는 고양이들

함정처럼 뻥뻥 뚫린 하수구에 사자가 산다
고양이들을 낳고 있다

할머니는 나를 비닐 속으로 집어넣는다
내 목소리는 점점 변해 간다
나는 끊임없이 늘어지고
나는 눈 속에서 구렁이를 밟았다

빚다

김남호 『두근거리는 북쪽』 2018

그이가 무른 진흙으로
자기를 빚었듯이

나는
물컹한 아버지로
나를 빚는다

상처도 위로도 없는
호흡도 맥박도 없는

살았는지 죽었는지도 모르는

한 덩이 종이 찰흙 같은
한 덩이 욕설 같은

스물두 살 같은

강이 끝났다

정다운 『파헤치기 쉬운 삶』 2019

나는 너의 이름을 제대로 말할 수 없지만
그래도 너의 이름이 아름답다는 걸 안다
바다를 만나는 곳을 강의 입이라고 부르듯이
강의 죽음이나 강의 찌꺼기가 아니듯이

어디서나 전쟁 같다고 말하지만
너는 불타는 도시의 한 지하에서 태어났다
버림받았고 살이 죽는 냄새를 맡으며
살아야 했다 그러나 네가 태어났을 때
엄마는 너의 배에 입 맞추며 울었을 거다
네가 처음 사랑한 여자는
짧은 머리카락 속에 손가락을 다 넣어 주었고
너의 몸이 닿는 곳마다
나는 그것도 나라는 것을, 이해하게 되겠지

너는 아무도 믿지 않지만
나는 너의 이름이 아름답다는 걸 안다
발이 푹푹 빠지는 눈밭을 걸어가면서
너는 추운 적이 없었던 네 땅의 겨울을 생각했다
내 손이 그렇게 차갑다는 것이

너에게는 그렇게 이상한 일이었다

바다에 닿을 때 강의 입은 뜨거웠을까
오므렸을까
나의 살인지 누구의 뼈인지 모를 것들을
눈 꼭 감고 비비댔을까
알고 있다 잘못 없이 죽어 간 사람을 떠올리는 거겠지
여자의 배가 더 열리지 않게 상처를 누르고 있었다던
그 손으로 내 손목을 쥐고 누른 채
감은 눈꺼풀 속에 떠다니는 시간
상한 굴처럼 허물어지는 너의 눈동자를
나는 못 본 척해야 한다

내가 만지고 내가 깨물고
내가 뜯어 가고 싶은 너의 이름
눈을 떴을 때 우리는 깊은 바닷속에 잠긴 것처럼
갈 곳이 없어진다 평화로워진다
아주 잠깐 동안
이걸 찾아다니며 살았다는 생각이 들었다
더 이상 어디로도 떠나지 않았으면 좋겠다는

—

그 생각이 진짜인 것 같았다

—

자작나무 숲에 놓여 있는 체스

최서진 『우리만 모르게 새가 태어난다』 2019

체스 말을 따라가면 자작나무 숲을 보여 드리겠습니다
손가락과 달이 뜨는 방향을 보여 드리겠습니다

우리는 거짓말 같은 운명을 모릅니다 달리다가 싸우다
가 무덤 앞에 이르러 허공을 보고는 심장이 멈출지도 모
릅니다 이곳의 배경은 배경을 두고 사라집니다 떨어지는
저녁 해처럼 둥근 접시 위에 담겨 있는 두 개의 복숭아

주말의 운세를 맞혀 드립니다 체스 말판에서 힌트를 찾
아보세요 궁전의 보물을 찾아보세요 가장 밝은 정오에는
체스 판을 달릴 예정입니다

자서전의 문장 사이에서 바스락거리며 자라나는 짐승
폐허의 억양이 혀 밑에 숨어 있습니다 누가 먹다 만 과일
이 있습니다

정오의 파란 대문을 지나 다음 날 붉은 아침까지 왕의
명령을 따라 한 칸씩 피 흘리며 웃는 숲

불가능한 왕비처럼

실업

김성철 『달이 기우는 비향』 2019

— 　폭설을 이고선 맨발로 방으로 걸어 들어왔다
　　한없이 내리는 폭설 덕에
　　시집을 죄다 꺼내 이국의 땅에 사는
　　나타샤에게 보내고
　　나는 설원의 풍경을 지녔다
　　밥을 짓다가도 방문 열고
　　폭설의 안부를 궁금해했다
　　방에 갇힌 폭설은 침착하게 몸을 뒤집고선
　　천장을 향해 오르고 있었고
　　나는 쌓아 올려진 만년설을 천장에 걸어 둔 채
　　군불 피우며 밥을 지었다
　　일렁이는 불꽃 속으로도 폭설은
　　제 몸을 던져
　　차곡차곡 눈을 쌓고
　　나는 온몸으로 눈을 맞으며 차분하게 얼어 가고 있었다
　　몸 돌려 다시 방문을 열어 보면
　　바짝 얼어붙은 내가
　　나를 향해 웃고 있었다

— 　지긋지긋한 봄이 왔다는 걸

64

그때 알았다

벨링포젠 고원에서

김영자 『호랑가시나무는 모항에서 새끼를 친다』 2019

—

　　생것이었어 날것이었어 마른 벌판, 살아 있는 것이 없을 것 같은 그 가슴주머니 속에서 작은 풀들이 돋아났어 해가 쏟아지고 비가 내렸어 키 작은 풀들은 숨소리 끌어안고 한 켜 한 켜 말씀을 쟁이면서 어깨뼈의 고통 없이 태어난 태초의 살이 되고 싶었어 눕고 싶었어 물 사발, 맑은 물그릇처럼 높은 그곳에서 몸을 눕히고 싶었어 둥근 배꼽을 열어 놓으신 하느님의 탯줄을 타고 누워서 피는 물렁물렁한 잎사귀들의 꽃으로

—

　●벨링포젠 고원: 노르웨이에 있는 해발 1,500m의 광활한 고원.

사이

박춘희 『천 마리의 양들이 구름으로 몰려온다면』 2019

한 마리 염소가 울 때, 뒤따라 우는 염소들과 울까 말까 망설이는 염소들 사이 나뭇잎의 수다. 그 소리를 듣는 나와 울음을 털어 내는 달팽이 두 관 사이, 탄소동화작용을 하는 잎과 잎 사이의 맥락으로 이어진 울음들은 내 붉은 혓바닥, 가시가 돋친 지느러미 엉겅퀴, 나는 그 결과이다. 내 앞에서 울음의 효과처럼 찍히는 발자국 또렷이 돋아나는 저녁이다.

백양나무 잎이 먹물로 번지는 어둠을 제 이마에 찍어 바르고 천천히 사라진다.

이곳저곳 패인 둠벙으로 검은 짐승 절뚝이며 건너갈 때, 어둠의 경계에서 완벽하게 사라지는 염소와 나무들. 그 사이 나는 펄럭이는 울음 몇 장으로 서 있다.

알고리듬

김건영 『파이』 2019

이 죄는 나도 알아요 눈을 감으면 끝난다는 것을 설사 끝나지 않는 것이 있더라도 여러 번 감으면 끝날 수 있다는 것을 나는 앓고 있고 몸속에 시간이 쌓이는 것으로 먼 별에서 순교자와 배교자의 자식들을 불태우며 항성보다 빛나는 별이 있음을 이해한 후 단지, 약속했던 손가락을 자를 뿐인데 웃자란 가지가 뿌리로부터 멀어지려 제 머리를 찢고 온몸에 눈을 틔울 때 한밤중은 몸을 뒤집으며 떨기 위한 구실임을 잊지 마라 이르니 제 손바닥으로 허공을 문지르고 잎은 자라 시간을 흐리면서 흐르지 않고 주름만 깊어질지니 화형된 자들이 쌓인 행성은 백색의 외골격으로 추위를 형용하고서 마냥 떠올라만 있어 그 빛을 받아 붉어진 이마를 눌러 주며 이 별에 있는 모든 돌아오는 것들의 이름을 되뇌어 주던 사람이 있더라 했었는데 토마토 기러기 일요일 같은 것들은 돌아오고도 그는 돌아오지 않고 이 별의 사육사는 지구의 적극적 기울기에 대해 침묵하고 우주에 늘어진 검은 현을 연주하던 꿈속에서 껌을 씹거나 꿈속에서 꿈꾸지 않는 꿈을 꾸며 긴 잠이 들었었다 이르니 문을 활짝 열어 두고 보는데 바람이 그것을 닫아 버린 것을 듣고서 놀라 꿈에서 깨어나 누구든 나타나서 내 창문 너머로 적의라도 보여 주기를 바라고는 다시

68

문을 열고 몸을 식히려 꿈속의 육신으로 기어들어 갔으니 ——

우리는 태초에 꽃의 이름으로 태어나

박송이 『조용한 심장』 2019

—

꽃의 이름으로 불리는 것들은 죄다
발목이 아프다

너에게 가기 위하여
푹푹 아무 데나 깊숙이 땅을 밟아 본다

너와 떨어져 사는 세상이 경악스러워
달랑 혼자인 내가 달랑 혼자인 널 그리워
외롭게 조는 일

꽃의 머리로 꽃의 심장으로 꽃의 혈관으로
연애를 구걸하는 저녁은 아름답다

송이송이 눈꽃송이 하얀 꽃송이

콧구멍 없이 잘도 벌렁거리는
이 깊고 높은 세상 속으로
연인들이 폭죽을 터뜨린다

—

우주의 골방에서

우리는 이미 장애를 앓는 꽃

꼭꼭 숨은 나이테 속으로
빙글뱅글 꽃이 피어도

매발톱꽃에게 사랑은 한 구절로 부족하다

정돈된 과거

신정민 『저녁은 안녕이란 인사를 하지 않는다』 2019

엄마가 나를 낳고 있다

문풍지 구멍 속
산파에 가려 언뜻언뜻
나를 밀어내는 엄마의 힘이 보인다

좁은 마루에 앉아
처음 느낀 감정에 집중하고 있는데
혼자가 된 홀가분한 기분 즐기고 싶은데

탄생이 사이를 연다

울어야 한다고 그래야 산다고
엉덩이를 쳐들고 자꾸만 때린다

언뜻, 은 오래 들여다본 순간

태생 고집 강보에 말려 윗목으로 밀릴 때
내 기분 내 멋대로 부려선 안 된다는 걸 알았다

나 대신에
진통 끝난 엄마가 울자
나에게 보내는 어쩔 수 없는 눈빛

조금 더 자란 내게 죽은 동생이 생겼다

령

권기덕 『스프링 스프링』 2019

—

　북방의 내리쬐는 햇볕 속에서 나는 깨어난다 헛헛한 목소리로 루퍼트 강을 불러 본다 강가엔 백인 사냥꾼이 죽은 동물을 밟은 채 담배를 피운다 바람이 비버의 심장 소릴 강에 던진다 뼈 장난감 차파추안을 꺼내 노는 인디언 소년들, 공사장 부근에서 실종된 아버지 목소리가 들려오고 흑가문비나무 숲은 "윈디고! 윈디고!"를 외친다 홀로 남은 여동생은 등이 휜 물고기를 닮았다 물고기 눈을 불에 던진다 어느새 비버는 강과 강을 돌아 다시 저문 강가에 출현한다 늑대와 스라소니의 굶주린 이빨이 정겹다 나는 표류하는 물총새의 몸짓 따라 유목을 한다 자작나무 숲길에서 자작나무 접시 하나가 떨어진다 소리들이 모인다 내 눈동자는 바위가 되었다가 급류가 되기도 한다 간혹 고라니가 비버로 보이는, 북퀘백의 적막함 앞에, 송어 이빨을 꽉 움켜쥔다 가진 것은 죽은 것이 아니다 나뭇가지에 곰 머리를 걸어 둔다 새로 정착한 티피에서 통통하게 살찐 느시가 익어 가고 모닥불은 문명의 그림자를 태운다 사냥 도구에 둥근 바람이 매달려 있다 내 무덤은 비버의 형상을 닮았다

●윈디고! 윈디고!: 인디언 크리족에게 전해져 내려오는 정령으로, 마법을 행하는 식인종.

비의 기분

석민재 『엄마는 나를 또 낳았다』 2019

비는 왼손잡이입니다

왼손잡이 자살하는 법, 매뉴얼을 보면서
방아쇠는 왼쪽 엄지발가락에 걸고

랄, 랄, 랄 눈 대신 비만 오는데
비 맞은 산타클로스는 어디로 갔을까

비는 흰색입니다

저기 젖은 흰색 봉투는 버려진 곰이거나
총 맞은 쓰레기봉투거나

타지 않는 쓰레기로 하얗게 분리된 내가
푹푹 썩어 가는 중입니다

비는 비틀거리지 않습니다

한 병은 모자라고
두 병은 남고

벽

금란 『얼굴들이 도착한다』 2019

늙은 여자의 등을 민다

등에 마른 별사리들이 흩어져 있다

오그라든 등

조금씩 소멸해 가는 여자의 그림자를 독해한다

등에 업혀 있는 것들은 세밀화처럼 정직하다

내 앞을 가로막고 있는 벽

또는 타로 카드

별점 치듯 긴 세월을 더듬다

일그러진 시간 저편으로 따라간다

나와 가장 가까이 있는,

그늘에 밟힌 손

한때 뜨거웠던 얼룩에서 꽃의 향기를 맡는다

사과가 가득한 방

이담하 『다음 달부터 웃을 수 있어요』 2019

입속을 들여다보는 의사는 좁쌀만 한 결절에 즐거워요
성대결절입니다

어쩐지 나는 로맨틱한 마음이 들고

그럼 어떻게 해야 하나요

의사가 입을 열어 다섯 번째 계절과 숨은 계절을 보여
준다

결절된 성대 부근을 보면
상처가 보여 주는 용례는 자주 갈라진다고 해요
입속에 두 개의 사과가 있다고 의사는 정정해요
빈방에 통증이 숨어 있다고 또 정정해요

두 계절의 성분은 무엇입니까

의사는 자기 가슴을 또 한 번 열어
돌아오는 계절과 돌아오지 않는 계절을 보여 준다

당신이 만든 계절과 신이 당신을 만든 계절 중에
어느 계절을 믿는지 묻는다

저는 제 몸의 온도와 속도만 믿어요
통증은 하나의 계시라서
누구나 믿을 수 있고 자란다는 특징이 있어요

입속을 들여다보는 의사는 빈방을 보고 즐거워해요
방에 피 묻은 붕대가 가득하다고 말해요
사과가 가득하다고 정정을 해요

나는 일어나 방으로 들어가고
나는 방으로 들어가 방문을 닫아요

방은 이제 무엇으로 가득한가요

앵무새

채수옥 『오렌지는 슬픔이 아니고』 2019

지난여름을 베끼며 매미가 운다
다르게 우는 법을 알지 못한 자책으로
올해도 통곡한다

속옷까지 벗어야 너를 뒤집어쓸 수 있지
냉소적으로 웃는 침대는
뾰족한 부리를 닮은 침대를 낳고, 낳는데

저녁은
간혹
버려진 유령의
흉내를 낸다

이 축축한 혓바닥이 닳아 없어져야 똑같은 문장이 사
라지겠지

수십 년 전에 죽은 할머니와 엄마들을 갈아입고
언니들이 태어난다

베르주 화요일

고주희『우리가 견딘 모든 것들이 사랑이라면』2019

일곱 번의 계절이 포도 한 알을 깨운다

먹구름의 방향을 보며 화요일인지 목요일인지
신맛과 장마를 끊임없이 감별하며
입안에 머금은 몇 초, 아직 열리지 않았다 감각은

오래전 풍습으로 항아리에 묻어 둔 계절이
성급한 과즙으로 부풀어 오를 때
내 어두운 귓속을 파고드는 아직 오지 않은 맛
시간은 이제 평등해, 말하고 싶지만

달과 별을 기준으로
내 오른쪽은 좀 더 새콤하게 미쳤고
쉽게 물러지는 사람을 어쩔 수 없이 저주한다
화요일, 베르주 화요일

보랏빛 낮을 씻어도 그 속엔 내가 없다
질문이 짙어질수록 윤곽이 사라지는 질문

십 년, 이십 년을 내다보는 어둠은

코르크 냄새를 지우며 서서히 팽창할 거야

첫 수확이 끝나고 파티를 한다
눈빛이 이미 틀어져 버린 사람들

●베르주(verjus): 익지 않은 포도.

고해성사

김도언『권태주의자』2019

나는 20세기에 태어났습니다. 내가 원하지 않은 풍문들과 벌이는 성스럽고 합리적인 방탕에 참여하기 위하여. 그리고 나는 21세기에 죽었습니다. 최선을 다해 더러워져서 최후까지 감추려 했던 자부심의 노골적인 적막을 완성하기 위하여. 나는 이토록 성실한 죄인이 되어 가장 고전적인 용서의 소비자가 되었습니다.

브레슬라우 여행

허진석 『아픈 곳이 모두 기억난다』 2019

—

진리는 오인으로부터 온다.

진리를 향한 발걸음은 진리 그 자체와 일치한다.

—Slavoj Zizek

폴란드의 한낮에
세계는 밤을 맞는다.
10 p.m.의 하늘 속으로
축축한 전기(電氣)가 흘러 다닌다.

소녀들은 눈물을 글썽거리지만
이유는 모른다.

횡단하는 여행은
매 순간 과거가 되어
풀썩 쓰러지거나
내려놓는다.

숲은 거인의 대지다.

—

마른 형광펜

최승철 『신들도 당신처럼 외로움을 느낄 때』 2020

떠돌이 고양이가 거실에 들어와 앉아 있다. 지구의 기울기와 내장 기관의 기울기가 같다고 한다. 얌전히 소파 위에 앉아 있는데, 신체 없는 정신이 존재할 수 있다면 저런 자세이겠구나 하는 포즈로 나를 본다.

나는 과거가 아닌데도, 가난한즉 친구가 없다

육류의 비린내를 없애기 위해 월계수 잎을 넣었는데 황사가 몰려온다. 하늘에는 황천길이 있고 지상에는 개나리꽃이 노랗게 피었다. 꽃 한 송이의 의지가 피어 있다. 이곳이란 어원을 알고 있다는 듯 피어 있다. 위험 표지판 위 CCTV는 텅 빈 하늘을 비춘다.

미역국에 파를 넣으면 칼슘 흡수를 방해한다. 애인이 카드 빚 때문에 공인인증서를 도용하지 않았을까 의심하는 밤, 개인의 자유는 민중의 자유에서 나아진다. 빗방울의 시선에는 푸른 하늘이 비칠 듯 아련한데, 허공으로 떠난 것들은 발자국을 남기지 않는다.

●나는 과거가 아닌데도, 가난한즉 친구가 없다: 성경 잠언 19장 4절 변형.
●개인의 자유는 민중의 자유에서 나아진다: 매헌 윤봉길 의사의 『농민독본』 중에서.

있지요

양균원 『집밥의 왕자』 2020

신발 끈이
운명처럼 풀어지고
노상에 나를 멈춰 세우는
그런 때가, 있지요
무릎을 굽히다가 마주한
그림자의 어깨
오른 죽지에서 가방끈이
조여졌다
늦춰지고
뒤에서 오던 햇살이
정수리에 올라
나를 당기듯
나를 누르듯
용쓰는 때가

그날은 페퍼민트라는 발음처럼

오영미 『닳지 않는 사탕을 주세요』 2020

너에게 엄마가 어디 있어? 네 엄마는 제초제를 마신 지한 시간 만에 내장이 말라 버려 병원에도 못 가고 죽었잖아! 올랴가 폴랴를 향해 울며불며 소리쳤다. 올랴가 유달리 아끼던 마론 인형의 길고 긴 연두색 머리칼을 폴랴가싹둑 잘라 낸 참이었고 발랴는 그런 두 사람 사이에서 고장 난 시계추처럼 껌벅껌벅 졸고 있었다. 올랴의 갑작스러운 외침에 놀란 오후 한 시의 태양이 긁고 있던 부스럼을 엉겁결에 뜯어냈고 세 사람의 정수리로 태양이 떨어뜨린 고름이 죽은 새의 떨어져 나간 부리 조각처럼 박혔다. 수천 개의 알록달록한 다리를 가진 어색함이 세 사람의 주변을 부스럭부스럭 기어 다니기 시작했다. 평소라면 폴랴가 어색함을 재빨리 밟은 뒤 솜씨 좋게 양변기에 버렸겠지만 오늘의 폴랴는 그러지 않았다. 발랴는 여전히 시계추처럼 태평하게 졸고 있었다.—사실은 졸고 있는 척하며 부들부들 떨고 있을 따름이었다.—이윽고 폴랴가 롱다리 마론 인형의 모가지를 어렵지 않게 부러뜨리더니 올랴의 어금니를 향해 있는 힘껏 던졌다. 우리 엄마는 죽지 않았어, 피에 절은 어금니를 쥔 채 앙앙 우는 올랴를 똑바로 바라보며 폴랴가 연거푸 말했다. 우리 엄마는 죽지 않았어. 엄마는 죽지 않았어, 나는 죽지 않았어. 아무도 죽지 않았어.

봄밤은 너무 꽉 차서

강순 『즐거운 오렌지가 되는 법』 2020

길은 여러 개의 눈을 가졌다
거대하고 미세한 눈동자들이 사방에서 따라온다
죽은 자의 그림자를 끌고
골목을 돌아 시장을 거쳐 현관문 앞까지

길은 무덤을 빠져나와
눈을 부릅뜨고
꿈속을 가로질러 성큼성큼 다가온다

누워 있는 나뭇잎들은 나약해서
자꾸 몸을 뒤집는다
사팔눈을 한 소녀처럼

어떤 사랑은 길을 찾아가다 죽었어

길은 죽음을 흥정하는 곳
죽음을 데려다가 죽음을 키우다가
죽음의 주인에게 되파는 곳

얼굴 붉은 여자가 나뭇잎처럼 운다

88

너도바람꽃

정진혁『사랑이고 이름이고 저녁인』 2020

산기슭에서 만났다
오후가 느리게 떨어지는 동안
저녁이 모이고 모였다
너도바람꽃 불러 보다가
고 이쁜 이름을 담고 싶어서

손가락으로 뿌리째 너를 떠냈다
산길을 내려오다 생각하니
네가 있던 자리에
뭔가 두고 왔다

너도바람꽃은
아직 바람이었다

늦은 저녁을 먹다가
어둠 속에 저 혼자 꽂혀 있을 손길을 생각했다
내가 어딘가에 비스듬히 꽂아 두고 온 것들

빗소리가 비스듬히 내리는 밤이었다

업

신미균 『길다란 목을 가진 저녁』 2020

　

바위가 쑥부쟁이 하나를
꽉, 물고 있다

물린 쑥부쟁이는 똑바로
서 있지 못하고
구부정하다

바람이
애처로워
바위를 밀쳐 보지만
꿈쩍도 안 한다

바위는 조금도 움직이지
않았지만
쑥부쟁이는 그래도
고마워서
바람이 언덕을 넘어갈 때까지

연신 고개를 숙이며
인사를 한다

사람소리

황봉구 『허튼 노랫소리―散詩 모음집』 2020

소리가 승화하며 소리가 된다.
사람이 해탈하며 사람이 된다.
사람의 아들도 사람.
부처도 사람이다.

사람이 소리이고
소리가 사람이다.

부름이 있어 소리.
사람소리.

들음이 있어 소리.
사람소리.

소리를 내어 본다.
소리를 듣는다.
사람아.
사람.

분화구 사이로 환(幻)

고광식 『외계 행성 사과밭』 2020

달의 백골화, 바라볼수록 눈꺼풀 짙은 어둠이다 나는 온종일 뜬구름 한 조각 갉아먹고 산다 거꾸로 매달려 뚫어지게 하늘을 본다

낮달이 휴대전화기의 숫자에 꽂힌다 오래된 심장을 들여다보며 잠 속에서 살인을 꿈꾼다 목을 느리게 돌린다

자꾸만 별똥별이 쏟아진다 천천히 심장을 두드리는 소리 들린다 낮달이 마찰음 없이 질주한다 고양이의 송곳니가 쥐의 목에 박힌다

태양은 없어도 돼 구겨진 휴대전화기가 속삭인다 나는 별똥별을 길게 찬다 거꾸로 매달려 동시에 떴다가 지는 태양과 달

골절

류성훈 『보이저 1호에게』 2020

살에서 낙서가 자란다
속을 긁을 수 없는 뼈들이
두고 간 너의 우산처럼
곁에 기대어 선다, 아픔은
더 어울릴 곳이 없어서

함께 실족할 수도 있는 것
내가 부러진
그 위로 넘어지던 것을
우리는 관계,라고 불렀다

네가 나를 부축할 때
아무것도
짚고 설 것이 없을 때

비가 올 것 같아
늘 잘못 찾아오는
인력 밖의 계단이
모든 단단하던 낮을 떠민다

천남성(天南星)

정연홍 『코르크 왕국』 2020

운남성 옆 작은 성이라고 생각했다 이름처럼 이쁜 마을일 거라 상상했다 그를 보고 두 번 놀랐다 작고 치명적인 꽃이었다 그가 꺾어 준 열매는 핏물이 번지는 산삼 꽃이었다 극양(極陽)이었다

장희빈이 먹은 사약이 이것이었다니 어떤 사람들은 스스로 사약을 마신다 끈을 놓아 버리고 어둠 깊이 침잠하는 느낌이란, 나도 가끔 그럴 때가 있다 어디론가 떠나고 싶을 때가

그럴 때마다 천남성이 내게로 왔다 첫 남성이었다 절망적인 극약으로 위장한 당신 나는 소량의 싸이나를 먹으며 매일 조금씩 죽어 가고 있었다 뿌리는 호랑이 발바닥이었다 우린 발바닥만 믿는 족속들이다

잎이 지면 알게 된다 뿌리를 뽑아 보면 호랑이가 나왔다 내동댕이쳐도 죽지 않았다 첫 남성은 치명적이게도 세월이 흐를수록 또렷해졌다 화가 오키프는 꽃만 그리다가 꽃처럼 시들었다

가시꽃

김려 『어떤 것은 밑이 희고 어떤 것은 밑이 붉었다』 2020

제 몸을 쪼고 있는 새와
제 꼬리를 물려고 맴도는 뱀한테
돌을 던지고 있다

참나무는 죽은 편백 가슴에 뿌리를 내리고
핏방울은 찔레 꽃잎에 맺혀 있다

진주 목걸이처럼 흩어진 봄밤

상제나비 한 마리 날아와
사이사이 붉은 유리구슬을 꿰고 있다

흰 얼굴에 덮어씌운 검은 솥은 아주 멀리 있을 것이므로

숲은 발을 질질 끌며 늪으로 가고 있다

슬프다고 말하기 전에

전형철 『이름 이후의 사람』 2020

―　세상의 모든 종말은 내 처음의 것.

말이 늦다. 유음은 배워 두고 받침은 잃어버린다. 문자의 유전자는 사라지지 않고 심장 아래 잘 끼워진다.

아직이거나 이미였던 것들에 달린 열성의 꼬리표.

날이 차면 산이 밝아진다. 코끼리 뼈를 상처 없이 도려내고 한 줌 모래알을 쥐고 단풍잎에 한 손을 올린다. 배경이 사라지고 창살만 남는다. 손가락을 벌린다. 느리게 감옥은 커진다.

칸막이 하나다. 밤이 무덤을 열어 문에 들어앉는다. 지키지 못한 임종을 옷걸이에 걸어 두고 턱을 성호의 방향대로 긋는다. 신음은 낮고 치명적으로.

둥지에서 죽지 못한 아기 새에게. 부디. 산 자의 놀음. 죽은 자의 기도. 뒤로 돌아 걸으며.

―　세상의 모든 탄생은 나 다음의 일.

거기서 나는 그림자를 떠메고 간다.

원피스

김분홍 『눈 속에 꽃나무를 심다』 2020

저 지우개는 고장 난 시간
저 단추는 자물통의 비밀번호
저 무늬는 빗소리
저 율동은 언덕을 오르는 당나귀
저 주름은 음모가 많은 가방
저 배경은 버려진 우물
저 뒷모습은 봄날의 의자
저 향기는 눈구멍만 뚫린 복면

돋을 별

성선경 『네가 청둥오리였을 때 나는 무엇이었을까』 2020

퇴직 이후
안경을 벗고 지내는 시간이 길어졌다
알은체를 하지 않아도 되는 때가 많아졌다
한 걸음 물러서야 내가 더 잘 보이듯
눈이 흐린 만큼 마음만은 다시 맑아
드디어 천국의 문도 보인다.

밝은 별빛이 눈을 찌른다.

괴물, 스페이스

김백겸 『지질 시간』 2020

—

밤하늘에는 천억 태양이 춤추는 은하수
밤하늘에는 천억 은하수가 춤추는 유니버스
밤하늘에는 삼천대천의 별들이 중력장 왈츠를 추는 폴
리버스(polybus) 댄스홀

누가 이 괴물, 스페이스를 설계했나?

괴물, 스페이스는 레고 조각을 가지고 노는 게이머처럼
세계 형상을 부수고 또 만든다
괴물, 스페이스는 에너지의 바다 위에서 시바-나타라
쟈(shiva-nataraja)를 춤추게 한다
스페이스를 걸어가는 산책자는 시간의 아라비안나이트
에 매혹되어 발이 지칠 때까지 걸어간다
영겁의 한순간을 사는 특권
눈 깜짝 남가일몽이 더 잘 보일 때까지

—

눈풍봄경

권주열 『처음은 처음을 반복한다』 2020

———

은속삭인다는듣고있다

흰색 가득 생각이 녹고 있다
눈에 넘쳐 나는
생각에 녹고 있다

먼 데서부터 오고 있는 나를

여전히 오지 않는 사람이 오래오래
끄덕이는 나를

사람없는눈사람이생각하는사람없이
도무지 나는

녹기 전에 사라지리라는 생각이
사라지기 전에 도저히

———

개인용 옥상

김유미 『창문을 닦으면 다시 생겨나는 구름처럼』 2020

꽃들은 지고 옥상이 떠오른다
저녁은 가만히 내려앉아

너를 잠재울 수도 너를 깨울 수도 있는
사물이 울 수도 사물이 웃을 수도 있는
질서를 꾸미고

나는 가만히
바닥을 뒤집어쓴 너를
집게가 물고 있는 빨랫줄의 성질을
익히고 있다

다 증발한다는 사실에 주목할 때

소리치고 싶은 너는 너대로
울음을 물고 있는 집게는 집게대로
먼 세계를 끌어들여 희석시키고 있다

기질

이세화 『허물어지는 마음이 어디론가 흐르듯』 2020

입을 벌려야 할까 입을 다물어야 할까
시청 입구의 큰 붕어는 하루에도 몇 번씩 고민을 한다
그게 오래된 고민이었다는 것조차 계속 잊는 듯
무엇 하나 뱉지도 삼키지도 않는 입질을 계속했다

입을 벌렸다가
입을 다물었다가
혀를 내밀었다가
말아 넣었다가

말을 하기 위해서가 아니라
무게만큼이나 짓눌리는 액체의 부력을
친화적으로 견뎌 내기 위해서

붕어는 정확한 발음이라는 걸 하려다 말았다
살아남기 위해서
평생을 불행함에 몰입했다

턱의 기억이
사라진 지 오래다

재정립

서호준 『소규모 팬클럽』 2020

—

관계가 깨질 것이다.

난서가 있다.
오래 가지고 있었다.

팥죽을 삼키려

사바시도에 갔다. 해수면이
머리가

발에 채여서
옥상에서

이상한 음악이 흘러나온다.

막

전단지를 뿌려야겠어요.

—

사과나무는 더 그리운 사과를

이태선 『메이』 2020

그래도 햇빛의 각도에 따라 사과는 익는다
울고 난 뺨같이 사과가 익는다
띄엄띄엄 떨어져 버린 사과가 그리운 사과나무는
더 그리운 사과를 매달고
떨어진 사과가 지나간 허공도 빛나게 서 있다

건너편 여자가 구름이 있는데도 빛나네 한다

사막에서 사는 법

하재일 『달마의 눈꺼풀』 2020

나는 절망을 차단하기 위해 꼬리로
우산을 만들어 쓰기도 해요
우기인네 가뭄에 놓여 있습니다

나는 코끝에서 나오는 샘물을 떠서, 코밑
수로를 통하여 몸으로 들여보내고
눈썹을 방패 삼아 모래를 견디기도 합니다

나는 딱정벌레의 운명에서
수분과 내일을 충전합니다

내가 가꾼 한 그루의 나무를 지키기 위해
전의에 불타는 나뭇잎을 오려 붙이고
태양의 흑점을 향해 총구를 겨눕니다

경전이 마르지 않는 낙타를 타고 갑니다
지도에서 지워진 옛 성터를 찾아갑니다

하마터면 비만(肥滿)으로 살 뻔했습니다

셀프 레시피

강은진『달콤 중독』2020

백조기 배를 가른다
내장 속에 들어 있는 반쯤 삭은 물고기

그렇게 눈 뜨고 천천히 소화되는 느낌은 어떨까
껍질부터 녹아내리는 쾌감 같은 것

점점 투명해져 내 심장의 표정까지 드러날 때
나는 깨어서 소화의 감각을 받아들일 수 있는지
누구에게든 물어야 하는 해독의 시간

그렇게 완벽히 너에게 흡수되면
너의 아가미로 붉게 호흡하고
너의 혀로 흐르는 물살을 휘감고 싶어

너는 나를 삼키고 잠시 배가 부르고
가벼운 옆구리 통증을 지나 종결됐지만
이름 없는 작은 혈관에도 내 지문을 남기지
꾹꾹 눌러 납작해진 말들을 비석처럼 새길 거야

백조기 배를 가르다 눈을 뜬다

그 속에서 쾌활하게 소화되고 있던 물고기
방금 나에게 윙크했니?

달콤한 부패의 향기가
축축한 나무 도마 위에 길게 눕는데
기억을 도려내던 칼끝이 느리게 튕겨져 나가고
긁어내다 만 내 비늘은 함부로 고쳐진 이목구비 같다

관계의 가장 낮은 쪽으로 보글거리는 오늘의 요리 시간
가끔은 시작이 기억나지 않는 여행

자, 이제 나를 음미해 주세요

박꽃

박은형 『흑백 한 문장』 2020

저녁의 단문이어서 흰, 태생이 후렴이어서 흰, 들키지 말라고 아니 들키라고 흰, 될 대로 되라고 문틈에 끼워 놓은 조바심이라서 흰, 등대처럼 한 송이로 무성해서 흰, 꽉 들어찼음에도 자꾸 쏠리는 눈자위라서 흰, 모르게 져 버리는 미혹이라서 흰,

당신이라는 단 한 번의 미지

니블스는 시은의 눈

김누누 『착각물』 2020

―

유리눈은 기록자다
스스로 보고 스스로 담고 스스로 줄이고 스스로 키우
고 스스로
조각 조각 땃따따
꺼내 보고 땃따따

세계를 가두면 가둔 만큼 지배할 수 있다
딱 그만큼의 저항
남들이 싫어하는 솔의 눈을 마시고

본다
그러니까 니블스가 매일 매일
조금씩 조금씩 시야를 먹고

사실 솔의 눈을 마지막으로 먹은 게 언제인지 기억도 잘
안 날 만큼 오래됐다

마지막에는 경쾌한 음악을 틀어 놓는다
신나기는 하지만 거슬리지는 않을 정도의 음악

―

근데 니블스가 누구예요?
라고 묻는다면 그 질문에는 대답하지 않겠습니다
니블스는 어떤 말을 하거나 하지는 않고

니블스는 본다
이 말은 위에서 이미 했던 말이지만 니블스는 매일같이
보기 때문에 이다음에 또
니블스는 본다
라고 말할 수 있다

마포대교

손석호 『나는 불타고 있다』 2020

추락하는 게
질문 많은 내게 대답하는 것 같아

망설이는 오후가 수면에 발자국을 내는 동안
호주머니 속 출렁이는 우울

흐릿해지고 싶어 눈물 커튼을 펼쳐도
고드름처럼 자라나 찌르는 햇살

건너도 또 다른 건너편이 지켜보고 있고
지금이 어제 읽은 일기 같아

돌아보면
내게 둘러져 있던 내가
잃어버린 목도리처럼
말없이 내 몸을 벗어나 있어

내려다보는 즐거운 통증
내게는 난간이 없다

저, 새

이서린 『그때 나는 버스 정류장에 서 있었다』 2020

바람에 비가 날린다

빗방울 매달린 검은 전깃줄

하염없이 비를 맞고 있는 새

꼼짝 않고 저 비를 다 견뎌 내는 새

울지도 않고

날지도 않고

비에 젖어 옥상 난간 한참 서성이던 그때처럼

오지게 젖고 있는

저, 새

그 여름 능소화

신은숙 『모란이 가면 작약이 온다』 2020

  꽃이 벽지(僻地)에서 피는 것은 벽지(壁紙)거나 벽화(壁畵)이고 싶어서, 벽은 꽃이 있어 세상이 되고 천지를 메운다 초록 꽃을 본 적 있는가 꽃은 살아남기 위해 완벽 대비를 꿈꾼다 신음하는 벽 불타오르는 벽 마침내 오르가슴에 도달한 벽 어디선가 딸꾹질하는 새가 볕뉘 사이로 엇박자를 세다 튕겨 나가는 오후 저곳에 소(沼)가 있을까 발목으로 건너다 가슴부터 빠져 버리는 붉은 늪, 벽은 칠하기 좋은 유혹을 가져서 나는 한 손으로 심장을 꺼내 던져 버린다 심장을 바른 벽 아무도 모르게 나 혼자 앓다 가는.

  꽃이 벽지(僻地)에서 지는 것은 벽지(壁紙)거나 벽화(壁畵)이고 싶지 않아서, 환상통은 이미 만발하고 귀는 존재의 가려움을 참을 수 없다 아파트 계약서에 인감 대신 지장을 꾹 눌러 찍을 때 벽지(壁指)엔 붉은 꽃물이 들었다 늪으로 걸어가는 여름 내내 꽃은 지지 않고 벽을 타고 흘러내렸다 벽지(壁紙)를 새로 바르면서 꽃은 비로소 마음의 골방을 벗어났다 그 여름 내내 붉었던 울음 숭어리들.

꽃사과를 보러 갔다

이인원 『그래도 분홍색으로 질문했다』 2021

꽃을 사칭한 열매를 맺고
열매를 차용한 꽃을 피우며
꽃과 사과 사이를 죽어라 오가는 나무
무서워라,
꽃멀미를 핑계로 그대를 보러 가서
사과꽃과 꽃사과 사이
어정쩡한 나만 만나고 왔네
사람을 사람에 빠지게 만드는
누명 같은 꽃 오명 같은 열매 사이를
아슬아슬 피해 가며
한 알 한 알 붉은 애와 증의 관계를
어김없는 공전과 자전이라 읽고 왔네
꽃가루 알레르기 증상이나 더듬더듬 사칭하다
그대 몰래 죄 없는 그대를
또 한 번 차용하고 왔네
그대 목울대 안에서 피고 지며
달과 지구 사이의 거리를 암산하고 있는
작은 꽃사과 하나
똑똑하게 목격하고 왔네

너의 할머니 할아버지의 어머니 아버지가 살고 있는 이백 년 전 마을

김해선 『중동 건설』 2021

모퉁이를 돌아가면
나타나는 테이블
닦지 않을 거야

안녕
안녕을 퍼부으며

여름이 끝나 가는 시간 흙먼지 나는 길을 걸었어 염소
가 오래도록 되새김질하고 있었어 참새와 개와 함께 가는
길 작은 손을 흔들며 소리를 잃은 말들이 돌아다녔어 모두
눈을 뜨고 어디론가 가고 있었어 서로의 겨드랑이를 찾으
며 길에서 잠자는 나무들 숨소리만 들렸어 부딪혀 떨어지
는 소리들 알 수 없는

뿌리를 파면 작은 바다가 숨어 있었어

400번의 구타 1

박민혁 『대자연과 세계적인 슬픔』 2021

　당연하게도 너에 대한 비애가 생에 대한 비애로 수순을 밟는다. 자신이 뭐라도 되는 것처럼 으스대며 이별은 왔다. 며칠 사이 책도 읽잖고, 몇 다발 엮은 문장도 마뜩잖아서 낯선 동네들을 걸었다. 등신대의 내 슬픔이 함께하다. 내 삶도 충분히 부러울 만한 삶이다. 너를 실제로 본 적이 있는 사람과 너에 대한 얘기를 나눈 적이 있다. 물론 나는 보기 좋게 사랑에 실패했다. 조, 네가 발명한 미풍양속이 여기에 이르렀다.

배우 수업

김혜선 『왜 오늘 밤은 내일 밤과 다른가요』 2021

쓰레기봉투가 돼 보려고
머리를 옷 속에 집어넣고 팔을 빼내어 위로 묶고
그리고 가만히, 격렬히게 가만히 있어 보려고
흡혈귀 같은 이성의 명령에 복종하려고
매끄러운 공간에 점으로 있어 보려고
냄새 맡고 만져 보고 피부로 느껴 보려고
신성한 것으로 개종시키려고
양심을 무신론적으로 부재화하려고
도구에서 무기로
트럭을 몰고 막힌 벽으로 돌진해 자폭하려고
강제로 사지가 절단돼 보려고
코드에 갇힌 방향이 피를 따라 흐르게 하려고
다른 생으로 바꿔 타 보려고

나를 담은 봉투를 가만히 격렬하게 내려놓는다

문경 애인

최동은 『한 사흘은 수천 년이고』 2021

　한 번도 본 적 없는 애인이 문경에 삽니다 문경은 그런 곳 어둡게 걸어 들어가고 환하게 걸어 나오는 곳 오늘도 나의 애인은 고개를 넘고 때죽나무 꽃 피는 산길을 걸어갑니다 그림자 앞세우고 두고 온 여자의 손을 꼭 잡고 갑니다 산길이 끝나는 곳에 집이 있고 집 너머에 또 산이 있어 몇 번의 생이, 몇 번의 밤이 머물다 갑니다 애인을 만나러 가는 길에 한 줌 햇빛을 손바닥으로 비벼 봅니다 바스스 부서져 내리는 이름 매미 울음 따라 첩첩산중 문을 열고 기다린 애인 만나러 갑니다

　깊고 아득한 곳입니다 문경은, 비가 오고 바람이 불고 사랑이 흔들리고…… 갈참나무 이파리들은 애인의 푸르고 시원한 이마를 닮았습니다 처음 보는 저녁을 따라 그리운 지병 고치러 문경 갑니다

블루 플래닛

김지명 『다들 컹컹 웃음을 짖었다』 2021

수천 오리 떼가 바다를 점령합니다 행성호가 난파와 애인 놀이 하다 낳은 성마름의 자리입니다 한자리에 모였다 흩어지는 모습은 마른 꽃잎이 물에 잠겼다 피어나 장난 같아 보입니다 바다는 뿔뿔이 혼자를 만듭니다 장난감이 아니었다면 노랑 오리는 가라앉아 날개와 다리가 부식되고 산호가 되었을 것입니다 노랗거나 파란 물고기들이 종족의 냄새를 찾아 주위를 배회했을 것입니다 스노클링하는 사람들이 빵을 던져 주어 외로움은 산호 속에서 아름답다는 말로 빛날 것입니다 바다 꿈속을 그대로 둔 채 빠져나온 노랑 오리는 여기를 둔 채 저곳으로 떠납니다 눈을 뜨고 떠나도 아일랜드 연안의 사랑받을 예감에 닿지 않습니다 나는 내 이름에 닿지 않습니다

어디에서

김한규 『일어날 일은 일어났다』 2021

생각하지 않았는데 바다가 있었다 바닥을 밀며 마분지가 검게 우그러지는 소리가 들렸다 새벽입니까

경치라고 할 수 없는 지경까지 발이 길을 끌었다 나갈 수 있는 데까지 가 보기로 했다 나가라, 는 말을 듣기 전인지 후였는지 기억나지 않았다

여행지입니까, 물어보고 싶었으나 아무도 없었다 행여 돌아갈 의도가 있었는지 돌이켜 보았으나 도리가 없었다

나는 번지고 있었지만 끌 수 없었다 번지가 없는 방에는 종이가 눅눅하게 누워 있었다 그런 날이 또 있을까

물은 물을 수 없는 깊이로 소용돌이를 감추었다 소용없다는 말도 들리지 않았고 둘러봐도 여전히 검은색은 두꺼웠다

주위가 옆으로 천천히 번졌다 돌아가지 않는 생각으로 나무가 있었다 맑게 지나가고 싶었다

生時

채상우 『필』 2021

———

말할 수 없이 슬픈 꿈을 꾸었는데 기억이 나질 않는다

허공미다 직년에 피었던 죽은 목련늘

처음인 듯 꽃등잔 받쳐 들고 마중 나온다

끔찍하구나 극진한 봄밤이여

———

요령 소리

장석원 『유루 무루』 2021

그 사람
죽음 피하지 못하네

사랑할 때
발개진 얼굴 쟁강거리는 눈빛
오늘보다 아름다웠는데

그 사람 나보다 먼저
돌아가는구나 날 못 박아 놓고

못 간다 못 간다
나를 두고 못 넘어간다
산령 높아 갈 수 없는데
그 봉우리 밟고 그예 사라지네

발 없는 구름
연짓빛 노을
해 진다 서산에
해 빠진다

내가 잡아맸는데
서산 너머로 해
빨려 든다
서녘 미어진다

꽃과 꽃 사이

송은숙 『만 개의 손을 흔든다』 2021

꽃댕강나무꽃 꽃마리꽃 꽃사과꽃 꽃산수유꽃 꽃산딸나
무꽃 꽃창포꽃 꽃층층이꽃

머리에 수레국화 같은 꽃을 둘렀다
왕관을 쓴 꽃들이다

꽃과 꽃 사이 피어 반짝거리므로
꽃과 꽃 사이 갇혀 빽빽하므로
향기에 기진해 넉장거리 치는
즐거운 꽃의 감옥이라 해도 좋겠다

그래서 꽃층층이꽃 무더기로 핀 들판을 지날 때
수마노탑에 마음 은근히 기울어지듯
꽃의 보탑에 층층이 황홀해진다
구름이 구름을 부르고
그늘이 그늘을 부르듯
꽃이 꽃을 불러 잘 마름질한 가장자리마다
이슬 한 방울 걸어 두었다
가만가만 수어(手語)로 울리는 풍경이다

극 1980

서춘희 『우리는 우리가 필요해』 2021

—

이번 극은
극과 극입니다

사랑할 수 없는 사람들이
내가 그린 원으로
비집고 들어와
손도 씻지 않고 잠이 들고요

우연이 모래를 의미가 맹물을
삼키고 잡아먹힙니다

그렇게 있잖아요 우리
사십 년 후에도

잠깐 놓아둘 때조차 소름이 돋아서

정확히 보려 하면
정확히 갈라집니다

—

오래된 삼월

홍미자 『혼잣말이 저 혼자』 2021

임대 문의 전단지가 나부낀다
먼지 낀 유리 벽 너머 수북이 쌓인 질문들 위로
햇빛이 일렁거린다

잠긴 문 앞에서 화분들이 볕을 쬐고 있다
뿌리의 기척을 몰라 메말라 가는 줄기에게
어떤 따뜻한 약속도 건넬 수 없다
꽃을 피운 뒤에야 이름을 얻었으므로

멈춰 선 여자가 제 옆모습을 훔쳐본다
바람의 들뜬 행렬 여자를 툭 치며 사거리 쪽으로 몰려
간다
차도로 날아가는 꽃무늬 스카프
그들은 바람의 핑계를 대곤 하지

입을 꽉 다문 유리의 벽을 밀쳐 내고
전단지는 이 허름한 골목을 찢을 수 있을까

아지랑이가 술렁거린다

이름들

김유자 『너와 나만 모르는 우리의 세계』 2021

—

흘러간다 물고기들 사이로
물풀에 찢기며
모래알을 들썩이게 하며

흘러가는 것만을 할 수 있다는 듯이 흘러가다 문득
뿌리 속으로 빨려 들어간다, 이끌려 올라가다
막다른 골목을 밀며 나아가고
골목은 자꾸 뾰족해지고 길어지고 갈라지고

고여서 깊어지는 감정 같아서
가라앉고 쓸려 가고 넘쳐흐른다
시냇물 성에 폭포 입김 빙하 바다로 출렁이는 이름들

새벽이면 잎사귀 위에 흔들리는 네가 있다

—

흐르는 강물처럼

박순원 『흰 빨래는 희게 빨고 검은 빨래 검게 빨아』 2021

갑은 갑의 논리가 있고 을은 을의 논리가 병은 병의 논리 정은 정의 논리가 있다 사실 정의 논리는 논리라고 하기도 좀 그렇다 갑 오브 갑은 논리가 필요 없다 정이 어느 날 이걸 꼭 해야 하나요? 되묻는 순간 병이 된다 질적 변화 비약을 하려면 자신을 버려야 한다 얼음이 물이 되고 물이 수증기가 되는 것 철광석이 쇠가 되고 쇠가 철판이 되고 다시 자동차가 되는 것과 마찬가지다 갑 오브 갑이 이게 왜 여기에 있지? 중얼거리면 이게를 둘러싼 모든 것들이 긴장한다 갑 오브 갑도 라면이 먹고 싶을 때가 있다 날아가는 비행기에서는 기압이 낮아 병이 정이 아무리 발버둥 쳐도 라면을 맛있게 끓일 수가 없다 그래서 을이 필요하다 을이 을을을 을질을 해 주면 이를테면 비행기 고도를 낮추어 라면을 맛있게 끓이고 다시 올라간다든가 생각을 해 보면 방법이 있을 것이다 물이 흐르듯 자연스러운 일이다

정녕

김연필 『검은 문을 녹이는』 2021

너의 손등을 간지럽힌다. 네가 잠든 동안. 너의 손등에 볼펜으로 그림을 그리고. 그 그림은 지워지지 않는다. 너의 손에 말을 적으면 너는 조금씩 말을 시작하고. 너의 그림은 조금씩 흔들린다. 나는 흔들리는 너를 안아 본다. 흔들리는 너를 간지럽힌다. 너는 웃고. 그러다 보면 검은 돌들이 우리를 둘러싼다. 손등에 그린 그림은 돌의 그림이다. 손등에 쓴 말은 물의 말이다. 물이 너의 손등을 간지럽히고. 나는 웃는다. 웃음이 자꾸만 돌 속에서 흐르고. 나는 너의 손등에 그린 그림이다, 너의 뺨이다, 물에 적신 너의 어떤 곳이다. 어떤 곳에 어떤 그림 그린다. 너는 계속 웃는다. 나는 계속 우습다. 나는 흔들리는 것들을 본다. 돌아가는 것들을 본다. 우스운 것들에 다가간다. 너의 뺨에는 구멍이 많다. 너에게 물이 스미고. 너는 발화한다. 계속되는 발화 속에서 흔들리며 돌아가는 것을. 너의 손등이 지워지지 않도록 그리고 그린다.

구멍

김석영 『밤의 영향권』 2021

석고 형상 속 웅크린 어깨선이 있다

아스팔트 위 나무, 배웅이 있는 골목, 버려진 기차표
우리가 머무른 듯 연결되어 있는

몸의 테두리,
우리 모두 같이 낯익다

미로가 우리를 헤맨다

밥을 먹다가 밥알을 젓가락으로 센다 그날의 점괘를 보
는

내 목구멍은 좁고 가느다랗고
자주 음식에 꽉 막히지만

꾸역꾸역 쌓이는 것들이 식도를 타고 올라오지만

언제나 나는 입안에 돌을 숨긴다

시론

이화은 『절반의 입술』 2021

바람도 없는데 후두둑 꽃잎이 진다
시 한 줄 지웠다

나무는 흔들리지도 않고 꽃을 버린다
또 한 줄 지웠다

봄은 아직 천지에 가득한데 나무는 왜 자꾸 꽃을 버리나
왜? 왜? 하면서 또 한 줄 지운다

꽃을 다 보내고 나무만 남았다
글자를 다 버리고 백지만 남았다

나무는 시를 쓰고
나는 꽃잎이나 줍는다

헬싱키, 헬싱키

이원복 『리에종』 2021

생각보다 많은 별
생각보다 깊은 어둠
생각하지 말아야 할 슬픔

겨울 헬싱키, 백조같이 새하얀 슬픔이
동지를 지나 점점 검고 푸르게 언 강을
쇄빙선을 타고 지나간다
투오넬라 문 앞에 도착하자
쇄빙선을 내려와 어둠 속으로 유유히 사라지는
백조 한 마리, 그 뒤를 뒤따르다
강물 속으로 잠겨 그대로 얼어 버리는
생각보다 많은 별
생각보다 깊은 어둠
생각하지 말아야 할 슬픔

쇄빙선 위에는 아직 남아
내가 붙들고 있는
아직 생각지도 않은 별
생각지도 않은 어둠
생각지도 않은 슬픔

겨울 헬싱키,

백조 같은 헬싱키

졸업

서요나 『물과 민율』 2021

너는 정전된 도시처럼 나를 끌어안고

내 몸은
어둠 속에서 울리는 공중전화 소리처럼 너를 끌어안고

어류의 온도를 갖지 않으면
거짓이 되는 나날들

소리 없이 잠든 순간에도
인간은 폭풍이라는 걸 알아
징조가 우리를 내내
끌고 다녔다

공원 산책

임후 『사육사』 2022

똑같이 생긴 사람을 보면 머지않아 죽는다는 말을 들었다

그가 나를 알아보고 먼저 손을 흔들며 다가왔다 무척 자연스럽군

무언가를 기다리듯 그가 내 앞에 서 있다 물끄러미 나를 바라보고 있다

안경을 추켜올리는 손을 바라보고 있다

그가 오래 살기를 바란다

질긴 숨

김호성 『적의의 정서』 2022

    네가 나를 창조했으므로 수많은 결핍을 가지고 태어난 나는 어떻게 너를 뛰어넘을 수 있는가 동에서 서로 마지막 글자에서 첫 글자로 살진 거위처럼 걸어갈 뿐이다 홍수를 일으키는 엉덩이로 주저앉아야 세상은 뒤뚱뒤뚱 돌아간다 관자놀이를 움푹이 눌러도 죽어 가는 후손들 살아나는 선조들 어마어마한 손이 느닷없이 이 대지 위에 내려앉는다 군중은 젖먹이를 향해 돌아선다 피투성이가 된 열사의 이름을 부르고 신들린 무당처럼 구급차는 점점 더 빠른 속도로 빙빙 돌고 있다 사회적이고 기술적이고 광대하고 생물학적인 거위를 모방하고 부추긴다 글을 휘젓는 물갈퀴는 유전자를 변형시킨다 온갖 질병을 휘몰아치게 하는 미세먼지에서 방사능으로 우리 모두가 하루는 침묵하는 피해자이다 하루는 정의로운 폭군이다 위생과 정복의 감각을 분간하기는 녹록지 않다 처음과 끝 사이에 놓이는 자는 곧바로 더러운 것이 된다 왕의 광장에서 재활용 쓰레기를 모아서 힘껏 거리를 채우고 있는 너의 어깨 너머로 200인치 스크린 저 멀리 빙하가 사라지는 곳에서 검은 함대가 몰려온다

성 지하

김광섭 『빛의 이방인』 2022

인간은 흘린 피만큼 땅을 가진다.
너는 네 조상의 붉은빛으로 융성할 것이다.

포도주를 쏟으며
빛이 재배지 위로
무너지는 광경을 올려다보았다.

손짓하는 얼굴

김승종 『푸른 피 새는 심장』 2022

빗소리 들리지 않고 걷다가 걷기를 잊은 천변
짓쳐 나아가는 용맹한 누런 강물
온 길을 돌아보네
저무는 서녘으로 빨려 들며 다정히 손짓하는 얼굴

매화 곁에서 ─ 절구(絶句) 풍으로

홍신선『가을 근방 가재골』 2022

하늘가에는 결가부좌 튼 고요의 무릎을 차지한
새벽이 길고양이처럼 앉아 있다.
그렇게 무릎 빼앗긴 저 고요 속에는
숱한 멸망과 죽음이 그냥 매몰돼 있을 것이다.

끝자락 겨울 고요가 저리 살에 저리더니 매화 피었다.
아무리 시절이 맵고 시려도 향기는 팔지 않는다는
그 꽃들
오늘 고요가 갓 발굴해 낸 듯
소름 으스스한 얼굴을 펴 들었다.

폐위된 군주처럼 새벽이 꼬리 감추고
간밤 잠 설치며 면벽한
이 마을의 고요는
얼마나 더 서슬 돋군 정신을 내게 채굴해 줄 것인가.

질소칩

이정원 『몽유의 북쪽』 2022

감자칩처럼 얇게 저며지는 계절
바싹 구워진 내가 부서질까 봐
먹구름을 뜯어 먹지
잔뜩 부푼 어깨로 창밖을 넘겨다보면
별의 영역이 한 뼘씩 줄어들지
혀에 돋은 소름만으로 며칠을 견디며
건기를 지나고 있지
새벽인가 하면 한밤중
서식지를 잃은 상제나비처럼 멸종위기종들은
절멸의 위기에도 꽃을 탐하지
달아나는 미래에 빨대를 꽂으면
소문의 꽃가루가 목구멍에 닿지
제 몸 헐어 쏘아 올린
빛을 삼킨 구름은 뜯어 먹기 좋아
빵빵해진 구름집 구름방에서
내 피톨들은 다소곳해지지

다행이다 부서지지 않아서